Mélodies helvétiques,

PAR

Charles Didier.

PARIS.
AMBROISE DUPONT ET COMP^IE, LIBRAIRES,
RUE VIVIENNE, N° 16

GENÈVE.
BARBEZAT ET DELARUE, ÉDITEURS.

1828.

IMPRIMERIE ET FONDERIE DE J. PINARD, RUE D'ANJOU-DAUPHINE, N° 8.

MÉLODIES

HELVÉTIQUES.

IMPRIMERIE ET FONDERIE DE J. PINARD,
RUE D'ANJOU-DAUPHINE, N° 8.

Mélodies
HELVÉTIQUES,

PAR

Charles Didier.

PARIS.

AMBROISE DUPONT ET Cie, LIBRAIRES,
RUE VIVIENNE, No 16.

GENÈVE.

BARBEZAT ET DELARUE, ÉDITEURS.

—

1828.

MÉLODIES Helvétiques.

Aux Français.

Genève..........

ACCUEILLEZ, ô Français! une muse étrangère
Qui se présente à vous sans faste et sans orgueil;
Elle a pour seul trésor l'expérience amère
De vingt ans de vie et de deuil.

De bonne heure j'appris à connaître la vie.
Chimère, que mes vœux ont long-tems poursuivie,

Bonheur, tu n'es qu'un mot. Le charme est dissipé.
L'amitié m'a trahi, les hommes m'ont trompé;
Découragé sur tout, livré sans espérance
Aux flots persécuteurs de l'avenir immense,
Vainement j'exhalai mes précoces douleurs;
La main d'aucun ami ne vint sécher mes pleurs.
Alors je méprisai le monde et ses promesses;
Isolé sur la terre, en proie à mes tristesses,
Repoussant des heureux l'insultante pitié,
Et par eux méconnu, par eux calomnié,
Renfermant dans mon sein ma profonde amertume,
Et ce besoin d'aimer dont l'ardeur me consume,
Je cherchai dans la lyre un remède à mes maux.
Toi qui seule charmas mes jours à peine éclos,
O lyre! doux trésor, céleste bienfaitrice!
Quand mon ame est en deuil, ta voix consolatrice,
Réveillant l'espérance en mon cœur languissant,
Répand sur mes douleurs un baume adoucissant.
Mais pourquoi maintenant sortir de la retraite?

Enfant d'une patrie où l'on rit du poète,
Pourquoi chanter? Pourquoi d'un sourire moqueur
Contre moi provoquer l'outrageante froideur?...

Français! c'est parmi vous que je cherche un refuge,
Et, de l'obscurité téméraire transfuge,
C'est de vous que j'implore un généreux appui.
D'un regard bienveillant accueillez aujourd'hui
Les inspirations d'un enfant des montagnes,
Qui jamais ne quitta ses agrestes campagnes;
Qui, troublant de ses monts les farouches échos,
Ne chanta qu'au fracas retentissant des flots,
Au bruit de l'avalanche, au souffle des orages;
Qui, sur ses lacs d'azur, sur ses glaciers sauvages,
D'un cœur indépendant rêva la liberté,
Adora la nature en son immensité,
Et, fuyant loin du monde et de la multitude,
Chercha Dieu dans l'espace et dans la solitude.
Toujours, dans leurs revers comme dans leurs succès,

Son cœur républicain battit pour les Français ;
Non point pour ces Français dont la main sacrilége,
Dépouillant l'arbre saint dont l'ombre vous protége,
Voudrait plier le peuple au joug brillant des rois ;
Mais pour ces hommes purs, qui, gardiens de vos droits,
Proclament fièrement devant la tyrannie
La liberté des arts, de l'homme et du génie,
Et, marchant avec calme aux sentiers du devoir,
Méprisent sans orgueil les chaînes du pouvoir.
Près de lancer aux mers ma barque vagabonde,
Je sens mon cœur frappé d'une terreur profonde.
Sans guide et sans étoile, en butte à l'ouragan,
Je vais donc l'affronter ce terrible Océan
Dont la vague en fureur jette sur ses rivages
Les débris mutilés de tant d'obscurs naufrages ;
Et peut-être, plongé dans un oubli profond,
M'engloutir à jamais dans ses gouffres sans fond.
Mon cœur aventureux ne craint pas les tempêtes :
Vos orages, ô mers ! seront pour moi des fêtes

S'ils conduisent au port mon vaisseau triomphant.
Mais ne pas s'élancer du ténébreux néant
Où par un bras de fer sa vie est enchaînée,
Mais à l'obscurité vouer sa destinée,
Mais n'être point compris, mais vivre méconnu,
Ah! voilà le tourment du poète inconnu!
Que d'enfans d'Apollon, comme moi solitaires,
Et comme moi bercés d'enivrantes chimères,
Dans leurs brillans écarts ont rêvé l'avenir,
Et seuls, et délaissés, sont morts sans souvenir!...
A ma voile inconnue, ô vents! soyez propices!
Et, trompant du départ les funèbres auspices,
Sous mon fragile esquif, douces brises des cieux,
Aplanissez des mers les sentiers orageux!

Accueillez, ô Français! une muse étrangère
Qui se présente à vous sans faste et sans orgueil;
Elle a pour seul trésor l'expérience amère
De vingt ans de vie et de deuil.

MÉLODIE PREMIÈRE.

L'Etudiant.

Genève, 1824.

I.

ENSEVELI vivant dans cette froide tombe,
Dévoré par l'ennui sous lequel je succombe,
D'un œil désespéré je vois glisser mes jours;
Les instans douloureux passés dans la contrainte
Entre les sombres murs de cette étroite enceinte,
De ma jeunesse, hélas! empoisonnent le cours.

II.

Ce n'était pas ainsi qu'aux beaux jours de la Grèce,
L'harmonieux Platon enseignait la sagesse :
Ses disciples nombreux, groupés autour de lui,
Suspendus en silence à sa bouche divine,
N'avaient pas à maudire une froide routine
Qui remplit à grands flots la coupe de l'ennui.

III.

Sous des platanes verts agités par la brise,
Au bord d'un frais ruisseau, languissamment assise,
L'heureuse compagnie oubliait les instans ;
Mais sur ces bancs noircis et par l'encre et par l'âge,
N'ayant devant les yeux qu'un gothique visage,
Que ne puis-je hâter les pas tardifs du tems ?

IV.

O cap de Sunium, consacré par un sage!
Jardin d'Academus, bois touffus, doux rivage,
Où l'étude adorait les autels de l'Amour! (1)
O vous, à qui Platon a légué sa mémoire!
Sous votre ciel d'azur, en vos siècles de gloire,
Que n'ai-je ouvert les yeux à la clarté du jour!

V.

Oh! comme alors, rêvant sur ce bord poétique,
Des sublimes leçons du cygne de l'Attique
Avec ravissement se fût nourri mon cœur!
Oh! comme en ces bosquets, remplis de sa présence,
Il eût, en s'enivrant de sa douce éloquence,
Suivi jusques aux cieux son vol inspirateur!

VI.

Il semble qu'aujourd'hui, de ses fleurs dépouillée,
Par la poudre des tems l'Étude soit souillée;
Elle a perdu sa grâce et sa simplicité.
Hérissés et jaloux de leur science vaine,
Des Muses, dans cet âge, usurpant le domaine,
Les pédans et les sots ont tout désenchanté.

VII.

Les roses sous leurs mains se changent en épines;
Par eux, de la Sagesse et des Grâces divines,
En obscure prison le temple est converti;
De leur sceptre de plomb, accablant ma jeunesse,
Ils pénètrent mon cœur d'une morne tristesse,
Et mon front au sommeil succombe appesanti.

VIII.

Laissez, ah ! laissez-moi toutes mes ignorances !
Que m'importent, mortels, vos obscures sciences ?
L'homme pour le cercueil en sait toujours assez.
Au bonheur passager que le Destin me donne,
Sans obstacle du moins que mon cœur s'abandonne !
L'homme n'a qu'un beau jour, et vous le flétrissez.

IX.

Comme au jeune aigle, enfant des célestes campagnes,
Rendez-moi mes glaciers, rendez-moi mes montagnes,
Berceau des grands pensers et des nobles projets.
O Nature adorée ! ô compagne immortelle !
A tes seules leçons je veux rester fidèle,
Car, la même toujours, tu ne lasses jamais !

MÉLODIE DEUXIÈME.

LA CHUTE
Du Reichembach.

Monte decurrens............
Fervet, immensusque ruit.
HORACE.

Aux deux bords de l'abîme un noir rocher surplombe ;
Des hauteurs du Scheideck le torrent descendu
S'arrête.... et, sur le gouffre un instant suspendu,
Bondit, se précipite et tombe.

De débris de sapins le bord est parsemé ;
Un tourbillon glacé plane sur ce Tartare
Qui, la nuit, apparaît comme un lugubre phare
Sur les montagnes allumé.

Enflammant l'horizon, la splendeur matinale
Des glaciers du Wetter dore le front vermeil ;
La cascade est dans l'ombre... Et soudain le soleil
Rougit sa tête humide et pâle.

Au milieu du parfum, des forêts et des fleurs,
Sur l'abîme où voltige une froide poussière,
L'arc-en-ciel arrondit son prisme, où la lumière
Fait resplendir les sept couleurs.

Menaçante, à travers les rochers, les broussailles,
L'onde bondit sept fois, se gonfle, s'élargit,
Bouillonne ; et sourdement la montagne mugit,
Émue au fond de ses entrailles.

Le tonnerre des flots bat l'air épouvanté,
Et des derniers sommets va troubler le silence;
Voyez : toujours... toujours... la cataracte avance,
Image de l'éternité!

Renaissante agonie! ô masse intarissable!
De ses rugissemens étourdissant les bois,
Le gouffre haletant tressaille sous le poids
De la colonne irrévocable.

Caucase, quelle voix a jeté ces clameurs?...
C'est la voix du Titan qui pour renaître expire;
Le vautour acharné fond sur lui, le déchire,
Et se nourrit de ses douleurs!...

D'une aveugle fureur l'onde ainsi transportée
Plonge au fond de l'abîme, et l'abîme écumant,
Par les flots torturé, souffre éternellement
Les angoisses de Prométhée!...

O désolation ! Ébranlemens de l'air,
Vapeurs, brouillards mouvans, froids tourbillons, ténèbres,
Lugubres profondeurs, tremblemens, voix funèbres !...
C'est un chaos... Non, c'est l'enfer !

Cascade, dont le front de blancheur étincelle,
Devant toi balayant l'immensité des bois,
Quel jour t'élanças-tu, pour la première fois,
Comme une avalanche éternelle ?

Quel jour ta grande voix, s'élevant vers les cieux,
Vint-elle épouvanter de ses transports sublimes
L'aigle au sommet des airs, le chamois sur les cimes,
L'ours dans ses bois silencieux ?

De la destruction devenant la pâture,
Quel jour, disparaissant du milieu des forêts,
A l'abîme lassé dois-tu rendre la paix,
Et le silence à la nature ?...

Silence plus terrible encore que le cri
Longuement répété de ton sombre tonnerre !
Le passant cherchera ta chute séculaire,
Mais la cascade aura tari...

MÉLODIE TROISIÈME.

La Promenade.

1824.

Du couchant fugitif l'étoile solitaire
Imprime dans les airs ses pas silencieux ;
La douce paix du soir, pour rafraîchir la terre,
Descend du haut des cieux.

Par la brise des nuits la forêt agitée
Berce l'oiseau des bois dans son nid incertain ;

La cime du Mont-Blanc, faiblement argentée,
Pâlit dans le lointain.

Sur un esquif léger, caressé du Zéphire,
Aux doux parfums des fleurs je m'éloigne du port;
Le souffle inaperçu que la voile respire
M'emporte loin du bord.

Je sillonne du lac la surface polie,
Et les flots sourdement se brisent sous l'esquif;
On dirait que du sein de la vague assoupie
Sort un soupir plaintif.

Sur ta rive, ô Léman! debout sur ses décombres,
La vieille tour d'Hermance élève ses créneaux,
Et son front par la nuit déjà couronné d'ombres,
Se mire dans les eaux.

Les funèbres accens d'une cloche lointaine,

Comme un appel de mort, raisonnent jusqu'à moi :
O Dieu ! d'un de tes fils l'ame a brisé sa chaîne,
Et remonte vers toi.

Que ne puis-je de même, abandonnant la vie,
Voir d'un dernier regard ce séjour de douleurs !
On dit que dans les cieux notre épreuve est suivie
De jours exempts de pleurs.

Infortunés mortels délaissés sur la terre,
Malheur, malheur à nous, vains jouets du Destin !
Nous à qui le mourant passe la coupe amère,
En sortant du festin !

Heureux qui dans le cours de son pélerinage,
Comme le nautonnier qui sillonnà les mers,
Sans jamais essuyer les fureurs de l'orage,
Ignora les revers !

Mais, hélas! quel nocher navigua sans tempête?
Le soleil sort des flots, serein et radieux :
Comme pour éclairer le plus beau jour de fête,
Il brille dans les cieux.

A l'horizon s'élève un sinistre nuage
D'où jaillissent l'éclair, et la foudre et les vents...
La nef est engloutie, en cinglant vers la plage,
Au fond des flots mouvans.

Le bonheur est semblable à ces monts ceints de glaces,
Où chaque voyageur voudrait porter ses pas,
Et dont les flancs creusés en profondes crevasses,
Recèlent le trépas.

Le chasseur imprudent qui, d'un pied téméraire,
Ose tenter l'abord de ces pics menaçans,
Se consume en efforts, sans jamais satisfaire
Ses désirs impuissans.

Mais d'un nuage obscur sort tout à coup la lune ;
Aux ténèbres succède une fraîche lueur :
Ainsi puissions-nous voir un jour à l'infortune
Succéder le bonheur* !

MÉLODIE QUATRIÈME.

Les Nuages.

1823.

OH ! que j'aime, le soir, à poursuivre des yeux
Les nuages épars qui flottent dans les cieux !
On dirait, au couchant, un immense navire
Par les vents balloté sur l'espace des mers ;
Plus loin semble briller une éclatante lyre,
Un monstre s'élancer de l'orageux empire,
Un aigle étincelant s'égarer dans les airs ;

Voyez-vous ces rochers, ces torrens de fumée
Qu'un vésuve embrasé rejette de ses flancs?
Cet astre vagabond, dont la queue enflammée
Sème le ciel désert de vestiges brûlans?...
Un vent passe; soudain ces formes fantastiques
S'effacent, et des nuits l'azur couvre les cieux.
C'est ainsi qu'ici-bas nos rêves chimériques,
Sous mille aspects changeans éblouissent nos yeux;
De la réalité le bras sur nous s'abaisse,
Il glace notre cœur et le prestige cesse.

MÉLODIE CINQUIÈME.

L'Apparition.

1827.

> La mort est là !.....
>
> Mme TASTU.

SEUL, le front incliné sur ces livres antiques,
Débris silencieux des vieilles républiques,
Une nuit, égarant mes pensers incertains
Sur l'enfance du monde et ses premiers destins,
Je veillais. Et voici, comme un fantôme immense,

Le Passé m'apparut, au milieu du silence,
Et, d'une voix profonde, il m'adressa ces mots :

« O toi qui, de la nuit exilant le repos,
« Enfonces ton esprit dans l'abîme des âges !
« Quel est ton but ? Tu veux écarter les nuages
« Qui du monde naissant couvrent les premiers jours ;
« Et, de l'antiquité parcourant les détours,
« Ajouter au chaos des sciences mortelles,
« Des systèmes nouveaux et des erreurs nouvelles.
« Frappé du sceau profond de la fragilité,
« Mortel, de tes travaux connais la vanité :
« L'homme, faible jouet d'un destin dérisoire,
« Bâtit péniblement, et, s'écroulant sans gloire,
« Le débile édifice, au faîte parvenu,
« Ecrase l'ouvrier qui périt inconnu.

« Du néant appelés par la Touté-Puissance,
« Les hommes lentement grandirent en science.

« Gouvernés par des lois, les fils de ces mortels
« Bâtirent des cités, dressèrent des autels.
« Leur sagesse s'accrut; les peuples s'étendirent;
« Les sciences, les arts, au milieu d'eux fleurirent;
« De la nature à flots recevant les bienfaits,
« Ils voulurent encor pénétrer ses secrets;
« Et, s'avançant, vainqueurs, de conquête en conquête,
« De la sagesse humaine atteignirent le faîte.
« Un astre menaçant tout à coup dans les airs
« Parut, et suspendit les lois de l'univers;
« Arracha de son lit l'Océan solitaire,
« Renversa les cités, stérilisa la terre,
« Et sur le globe entier rappelant le chaos,
« Détruisit les humains au bruit des grandes eaux.

« Cependant l'Océan rentre dans son rivage.
« Un homme, échappé seul à l'immense naufrage,
« Sur le globe désert reste seul exilé,
« Et le monde renaît, lentement repeuplé.

« Ayant des jours anciens perdu l'expérience,
« Il sort avec lenteur du sein de l'ignorance,
« Mais enfin voit des arts le glorieux retour.
« De grandes nations fleurissent à leur tour;
« Et de l'antique monde égalant la science,
« Le monde rajeuni le surpasse en puissance;
« Et soudain, ô terreur! le Nord s'est ébranlé;
« D'un nuage inconnu l'horizon s'est voilé;
« Le Midi le contemple; et, muet d'épouvante,
« Voit grandir des combats la tempête vivante.
« Mais du Septentrion les flots dévastateurs,
« Des gloires du savoir barbares contempteurs,
« Tombent, et, triomphant des digues impuissantes,
« Ecrasent en passant les nations tremblantes.
« Le torrent destructeur, partout victorieux,
« Anéantit les arts, les peuples et les dieux.

« Pour la troisième fois, par sa vaine industrie,
« Sorti de l'ignorance et de la barbarie,

« Le monde est aujourd'hui ce qu'il fut autrefois :
« Il brille par ses mœurs, par ses arts, par ses lois ;
« Dans sa vaste science il n'est rien qu'il n'embrasse.
« De la destruction le retour le menace ;
« Tremblez ! voici l'instant ! il approche ; demain
« L'Océan peut détruire encor le genre humain.
« Tel Sisyphe jadis, sur la cime infernale,
« Roulait incessamment cette roche fatale
« Qui retombait toujours, et, supplice éternel,
« Fatiguait de son poids l'illustre criminel.
« Vos conquêtes, mortels ! aux mêmes destinées,
« Dès le commencement sont toutes condamnées.
« Élevez à l'orgueil de vastes monumens ;
« A vos caprices vains pliez les élémens ;
« Passez à votre gré de torture en torture ;
« Étudiez, pensez, expliquez la nature ;
« Dévoilez le passé, pénétrez l'avenir,
« Et vos œuvres et vous, mourrez sans souvenir.

MÉLODIE SIXIÈME.

L'Aigle des Alpes.

Roi des champs éthérés, dans ton vol téméraire,
Tu t'élances, vainqueur, jusqu'aux sources du jour;
Défiant le regard des enfans de la terre,
Dans l'empire des cieux tu règnes solitaire;
Les combats sont tes jeux, l'espace ton séjour.

Balancé par les vents tu t'endors sur la nue;
La foudre sous tes pieds retentit, et des cieux

L'écho va te frapper à travers l'étendue ;
Les splendeurs du grand astre où se plonge ta vue,
Se plaisent à graver leur image en tes yeux.

Oh ! que de fois, errant sur mes Alpes chéries,
J'ai, d'un œil envieux, suivi ton vol ardent !
Que de fois, dans les airs, tes ailes agrandies,
D'un bruit mystérieux troublant mes rêveries,
Ont fatigué mon cœur d'un transport impuissant !

Aux lieux que de plus près l'astre du jour inonde,
Je voudrais, comme toi, nager dans un ciel pur ;
Secouant mon ennui, ma pensée inféconde ;
Je voudrais m'élancer loin des bornes du monde,
Et de l'immensité franchir le ciel d'azur !

MÉLODIE SEPTIÈME.

Souvenir.

1826.

La neige, à gros flocons, descendant sur la plaine,
Couvre la froide nuit d'un voile blanchissant;
Sur l'éclatant brasier où pétille le chêne,
La flamme tour à tour s'élève et redescend.

A l'abri des frimas et du vent qui murmure,
Je songe au pélerin dans la nuit égaré,
Contre les froids d'hiver n'ayant pour toute armure
Que sa bure grossière et son manteau ciré.

D'un pas pénible et lent, il marche dans la neige,
Accablé sous le poids de ses habits mouillés,
Et, cherchant du regard un toit qui le protége,
Sur la neige il ne voit que des bois dépouillés.

Je songe au voyageur perdu dans nos montagnes;
Il s'avance sans guide, et les astres éteints,
Aux ténèbres livrant les célestes campagnes,
Refusent leur éclat à ses pas incertains.

Sur la blanche étendue en vain son œil s'égare;
En vain il aperçoit, du haut de son désert,
Briller quelques lueurs... l'abîme l'en sépare,
Et sous la neige au loin le sentier est couvert.

Il écoute... A son cœur, effrayé du silence,
De la vie aucun bruit n'annonce le retour;
Vainement retentit la cataracte immense,
La neige rend muets les rochers d'alentour.

Pour la première fois isolé sur la terre,
Arraché par l'absence à tout ce que j'aimais,
Un soir, il m'en souvient, sans but et solitaire,
Du Jura menaçant je gravis les sommets.

Les campagnes portaient le deuil de la nature,
Et d'un manteau glacé les monts étaient couverts;
Sous le poids des frimas courbant leur chevelure,
Les pins seuls déployaient leurs rameaux toujours verts.

Nature! du malheur douce consolatrice!
Toi qui dans tous mes maux t'es présentée à moi,
Qu'importe que ton front sous les hivers pâlisse?...
Mon ame, en deuil aussi, sympathise avec toi.

Et ces monts où naguère, aux joyeux chants du pâtre,
Souvent je devançai le soleil de l'été,
Ces monts ceints de gazon, riant amphithéâtre,
Sont frappés de silence et de stérilité.

Ces bois mélodieux, ces forêts séculaires,
Dont je vins si souvent, fatigué du soleil,
Implorer la fraîcheur et l'ombre tutélaires,
Du printems infidèle attendent le réveil.

Et ce beau ciel d'azur, où le flambeau du monde
A flots resplandissans répandait ses rayons,
La vallée, autrefois si belle, si féconde,
Unissent leur tristesse au vaste deuil des monts.

Montagnes! cieux déserts que l'hiver décolore!
Bois muets où, le soir, j'ai souvent médité!
Sans éclat et sans voix, vous me plaisez encore
Dans votre aspect lugubre et votre nudité.

Sur la neige, en craquant sous mes pieds affaissée,
J'aime à graver mes pas, contempteurs des hivers;
J'aime à te dominer, ô campagne glacée!
Comme l'aigle superbe égaré dans les airs.

La solitude est triste où fut jadis la vie :
Dans le chalet désert, surchargé de frimas,
A l'hospitalité nulle voix qui convie ;
Un écho prolongé répond seul à mes pas.

La nuit vint ; une nuit profonde, sans étoiles ;
Dans la plaine déjà régnait l'obscurité,
Et, montant jusqu'à moi, de ses lugubres voiles
Elle obscurcit des monts le sommet argenté.

Chaque sapin, debout, comme un muet fantôme
Épouvante mes yeux égarés par la peur ;
Et cependant des cieux l'impénétrable dôme
Réfléchissait la neige en sa vaste blancheur.

L'isolement, la nuit, ses prestiges funèbres,
Les vents, dans les vieux troncs, près de moi, gémissans,
Les hurlemens des loups, errans dans les ténèbres,
D'un effroi concentré tout pénètre mes sens.

Le danger agrandit, exalte ma pensée,
Qui passe tour à tour de l'ivresse à l'horreur;
De sentimens confus mon ame est oppressée,
Et trouve un charme obscur jusque dans sa terreur.

Remontant jusqu'à moi, nul bruit qui me rassure;
La plaine tout entière est en proie au repos;
Et les cieux, et les monts, et toute la nature,
D'ombres et de frimas ne sont qu'un grand chaos.

Ainsi, près du foyer, à l'abri de l'orage,
Des jours qui ne sont plus l'image me poursuit;
Ainsi, me rappelant les dangers d'un autre âge,
Je plains le voyageur errant seul dans la nuit.

MÉLODIE HUITIÈME.

Le Mois de Mai.

Mai 1825.

Le mois de mai, paré de guirlandes nouvelles,
Et bercé mollement au souffle des zéphirs,
Couvrant les bois fleuris de ses légères ailes,
Au monde rajeuni promet de longs plaisirs.

Mais, à peine des bois courbant la chevelure,
La brise doucement glisse dans le vallon,

Que des arbres en fleurs l'éclatante parure
Blanchit, en s'effeuillant, les tapis de gazon.

Au printems de nos jours, notre ame à peine éclose
Voit ainsi l'avenir rayonnant de bonheur,
Et sur un doux espoir sans crainte se repose
Comme le papillon sur le sein d'une fleur.

D'un avide regard dévorant l'existence,
Elle y voit le plaisir, l'amour, la volupté ;
Mais, hélas ! chaque jour les fleurs de l'espérance
Tombent au souffle amer de la réalité.

MÉLODIE NEUVIÈME.

La Vitesse.

Sur ce chemin poudreux que le soleil dévore,
Rivalisez d'audace et de rapidité;
Volez, coursiers ardens, volez plus vite encore:
 La vitesse a sa volupté.

L'air manque, mon cœur bat, ma poitrine palpite;
A peine je respire; un voile sur mes yeux
Se forme, s'épaissit... volez, volez plus vite,
 Précipitez vos bonds fougueux!

Le menaçant abîme à mes côtés bouillonne ;
Un seul faux pas, un seul, tout est anéanti...
Volez, volez plus vite, à vous je m'abandonne,
Que m'importe d'être englouti !

De mon cerveau brûlant le vertige s'empare ;
Mon regard ne voit plus qu'un grand cercle enflammé ;
Volez, volez plus vite !... Ah ! ma tête s'égare,
Et tout mon sang est allumé !

Quoi ! vous ralentissez vos pas, et la poussière
Ne monte plus aux cieux qu'en faibles tourbillons !
Quoi ! le char, en volant sur l'ardente carrière,
Y laisse de profonds sillons !

Emportez comme un trait la roue impétueuse ;
Que la poudre, à grands flots, obscurcisse les airs !
Faites dans votre course ailée, audacieuse,
Sous vos pieds jaillir mille éclairs.

Le fouet avec fracas retentit sur vos têtes,
Le char, comme la foudre, au loin est emporté;
L'essieu brûlant mugit... c'est le bruit des tempêtes,
D'échos en échos répété.

Je vois passer et fuir les rochers, les campagnes;
Les objets d'alentour marchent, tout est mouvant:
Moins rapide est le fleuve élancé des montagnes,
Moins prompte est la course du vent.

Mon sein est oppressé, la fièvre me dévore;
D'une angoisse sans nom mon cœur est tourmenté...
Précipitez vos pas, volez plus vite encore!
Cette angoisse a sa volupté.

MÉLODIE DIXIÈME.

LES RUINES
Du Château d'Orbe. (2)

Orbe, 1826.

> Man marks the earth with ruin.
>
> BYRON.

PARTOUT, de son néant, l'homme a laissé des traces ;
De cet être d'un jour le génie orgueilleux
Semble adresser au Tems de superbes menaces
Par ses palais audacieux.

Riant de son orgueil, le Tems passe, tout tombe...
Tout tombe, et les enfans de ces mortels si fiers,
De débris en debris arrivent à la tombe.
Où furent des cités s'étendent des déserts.

Les grands projets de l'homme excitent le sourire :
L'insensé ! dans lui seul il cherche son appui,
Et pour l'éternité ses mains semblent construire,
Lorsque pas un jour n'est à lui.

Restes d'Urbigenum ! ruines poétiques !
Salut à vous ! Salut, vieux palais abattus !
Monumens des âges antiques,
Salut, saintes leçons des jours qui ne sont plus !

Le soleil autrefois a vu briller le faîte
De ce manoir découronné ;
Il ne retentit plus de joyeux cris de fête,
Et de son sceau profond le Tems l'a sillonné.

Là ton étoile tutélaire
S'obscurcit quelque tems, ô sainte Liberté !
Lorsque Charles, pressant sa marche téméraire,
Volait devant Morat abaisser sa fierté.

Ici jadis du ciel éclata la colère :
C'est dans ces lieux déchus que son bras châtia
Brunehaut, reine sanguinaire,
Couverte de forfaits que sa mort expia.

On dit, lorsqu'en ces murs tes fils pusillanimes,
Émules de faiblesse et d'imbécillité,
Grand roi de l'Occident ! de tes travaux sublimes
Se partageaient le prix lâchement disputé ;

On dit qu'abandonnant cette rive éloignée,
Où tu trouvas enfin le suprême repos,
Ton ombre s'élança menaçante, indignée,
Et qu'à ces lâches fils elle adressa ces mots :

« Arrêtez, arrêtez, enfans de Charlemagne !
« De ses vastes États indignes héritiers !
« Ceux qui ne prennent point la gloire pour compagne,
« Dans un cercueil obscur descendent tout entiers.

« Enfans de Charlemagne, imitez son exemple !
« Vous, esclaves de l'or, de la cupidité !
« Non, non, rois des Français, l'avenir vous contemple,
« Redoutez la postérité ! »

O grandeur ! ô néant ! ô vanités humaines !
Et conquérant, et reine, et monarque éclatant,
Tous ont peuplé des morts les funèbres domaines,
Et le même sort nous attend.

Leurs palais sont dans la poussière ;
Ces murs, jadis couverts de somptueux lambris,
Sont la proie aujourd'hui de la mousse et du lierre ;
Des reptiles impurs en souillent les débris !

Et les Alpes sont là, paisibles, immuables !
Vieux ossemens du globe, œuvres du premier jour,
Elles voient des humains les travaux périssables
Briller et passer tour à tour.

Ruines des vieux tems, aux enfans de la terre
Vous parlez un langage auguste et solennel ;
Vous détachez nos cœurs d'une vie éphémère,
Et vous les élevez au seul Être éternel.

MÉLODIE ONZIÈME.

Désenchantement.

1826.

> Cuncti dies doloribus et ærumnis pleni sunt, nec per noctem mente requiescit.
>
> ECCLES., ch. II, v. 23.

HEURES, passez; passez, fugitives journées!
Allez, allez grossir des rapides années
Le cortége silencieux!

Au nombre de mes jours qu'importe un jour encore ?
Qu'importe au malheureux l'instant qui s'évapore,
Puisqu'un autre naît à ses yeux ?

Le jeune pâtre admire, assis sur la montagne,
La lointaine cité qu'il voit dans la campagne
Resplendir aux feux du matin ;
Tel aussi l'Avenir, enfant de l'Espérance,
Resplendissait aux yeux de mon adolescence,
Séduisait mon cœur enfantin.

Mais il s'est dissipé, le prestige magique
Qui décorait d'un charme idéal, fantastique,
Mon avenir désenchanté ;
Mon cœur, que l'Infortune a flétri de son aile,
Se dessèche et languit, comme la fleur nouvelle
Fanée au souffle de l'été.

Oh ! qu'ils sont ravissans ces rêves de l'enfance,
Alors qu'aux vains projets ouverte sans défense,
Elle s'y livre avec candeur !
Oh ! pourquoi se hâter, par des leçons amères,
D'arracher le jeune âge à ses douces chimères,
Puisqu'elles donnent le bonheur ?

Sous le joug flétrissant d'une injuste misère,
Serai-je donc toujours isolé sur la terre,
Et dévoré par mes désirs ?
Ma jeunesse toujours, en proie à la pensée,
Doit-elle s'écouler obscure et délaissée,
Loin de la joie et des plaisirs ?

D'un amour séduisant j'ai goûté le breuvage ;
Et, trop aimant, hélas ! au printems de mon âge,
Mon jeune cœur s'est allumé ;

Je savoure aujourd'hui les fruits de ma tendresse,
Je n'en ai recueilli qu'amertume et tristesse ;
Le malheureux n'est point aimé.

Et je vins demander à l'amitié sacrée
Des consolations pour mon ame ulcérée.
« Dans mon sein répands ta douleur ;
« Je la soulagerai ; viens à moi, » me dit-elle.
Je crus aux doux accens de sa voix infidèle,
Et je pleure encor mon erreur !

Oh ! que d'illusions sans retour effacées !
Que de combats sans but, de stériles pensées
En vain déjà m'ont agité !
Que de fausses gaîtés de mes pleurs arrosées !
Que de plans renversés, d'espérances brisées
Au souffle de l'adversité !

Quand la nuit jette aux cieux son crêpe funéraire,
De larmes inondant ma couche solitaire,
Souvent je m'écrie : O Seigneur!
Est-ce que ta colère au hasard nous décime?
M'aurait-elle entre tous choisi pour sa victime?
Suis-je l'élu de la douleur?

Avais-je mérité l'arrêt qui me consume?
Malheureux en naissant, nourri dans l'amertume,
Comptant mes ans par mes malheurs,
Je ne vois dans les jours que le passé dévore,
Dans ceux que l'avenir sous mes pas fait éclore,
Que des orages et des pleurs.

Et je pourrais encore, en butte à tant d'alarmes,
Semer dans l'avenir, pour recueillir des larmes!
Le tems des rêves est passé.

Quoiqu'à peine sorti de mon adolescence,
J'ai fait de tous les maux la rude expérience;
Le bras du monde m'a glacé.

Et qu'on ne dise plus qu'aux yeux de la souffrance,
Jamais ne s'éteignit l'astre de l'espérance;
Dans mes cieux je l'ai vu mourir.
Au cercle du présent resserrant mes pensées,
Je tâche d'oublier mes épreuves passées,
Et mes épreuves à venir.

Décevante chimère! ô fantôme illusoire!
Jadis dans le lointain j'entrevoyais la gloire,
Le repos, la félicité;
Et mon œil effrayé n'y voit plus qu'un abîme,
Où tombe et disparaît à jamais la victime
Qu'y plonge la fatalité.

Maudit, oui, maudit soit le jour qui m'a vu naître !
Pouvoir qui m'as créé, t'ai-je demandé l'être ?
Reprends, reprends ce don fatal ;
Et du cygne imitant la douce mélodie,
Comme lui je pourrai, d'une voix plus hardie,
Entonner l'hymne triomphal.

Mais pourquoi fatiguer d'une plainte importune,
De regrets superflus, ceux à qui la Fortune
Prodigue en riant ses faveurs ?
Dans la prospérité conçoit-on la misère ?
Et pour les malheureux qui comprendraient un frère,
N'ont-ils pas assez de leurs pleurs ?

Heures, passez ; passez, fugitives journées !
Allez, allez grossir des rapides années
Le cortége silencieux !

Au nombre de mes jours qu'importe un jour encore?
Qu'importe au malheureux l'instant qui s'évapore,
Puisqu'un autre naît à ses yeux?

C'est ainsi qu'une nuit, n'ayant sur les montagnes
Que les étoiles d'or pour guides, pour compagnes,
J'errais pensif et recueilli,
Et que je répondais à la cloche lointaine,
Dont la voix annonçait que la famille humaine
D'une heure encore avait vieilli.

MÉLODIE DOUZIÈME.

L'Obscurité.

Juillet, 1825.

> Jadis, il m'en souvient, ivre de chants guerriers,
> Respirant la mêlée et les cruels lauriers,
> Je me couvrais de fer.
>
> André Chénier.

Que les jours ténébreux coulent avec lenteur !
Dans l'abîme du tems, sans éclat, sans honneur,
Ils tombent goutte à goutte, et l'oubli les dévore.
Des rayons du matin que le ciel se colore,

Que le soleil allume ou voile son flambeau,
Le fleuve de mes ans, troublé dès son berceau,
Dans son cours monotone, ignoré de la terre,
Vers un sombre avenir m'emporte solitaire.

C'est donc là le destin de mes jours douloureux?...
L'un passe, un autre passe, et que reste-t-il d'eux?
Un ennui dévorant, un vide, un vide immense.
O dégoût du repos! ô stérile existence!
Mon cœur n'était point né pour cet obscur néant,
Et je sens que le ciel y mit en le créant
Le besoin de la gloire et la soif de connaître.
Rivages paternels! champs qui m'avez vu naître!
O montagnes! glaciers, sauvages profondeurs!
Alpes dont tant de fois j'affrontai les horreurs!
Votre vue imposante agrandit la pensée,
Mais dans votre horizon mon ame est oppressée.
C'est vous, c'est toujours vous, vous ne changez jamais!
Partout des monts glacés, partout d'âpres sommets,

Des forêts, des rochers, des lacs, la solitude,
Partout monotonie et partout lassitude !

Cet espace borné ne peut me contenir ;
Oui, je suis las enfin d'attendre l'avenir;
Je suis las de passer mes jours dans la tristesse ;
D'autres émotions réclament ma jeunesse...
O luth fastidieux ! brise-toi sous mes doigts,
Ne me fatigue plus de ta stérile voix...

Quel est ce bruit guerrier qui frappe mon oreille ?
Quel lointain souvenir dans mon cœur se réveille ?
Avant que le géant tombât découronné,
Au culte des combats mon bras fut destiné (3),
Et les combats encor font palpiter mon ame.
Un instinct belliqueux me ranime, m'enflamme,
Au cri de la trompette, à la voix des tambours.
Plaisirs de mon enfance ! ô mes premiers amours !
Drapeaux, habits guerriers, armes resplendissantes,

Hochets dont se jouaient mes mains adolescentes,
Du fond de mon ennui, de mon vide effrayé,
Pour vous je sens renaître un amour oublié!

Fatigué du repos, oui j'ai soif des alarmes.
Quand mes yeux verront-ils étinceler les armes?
Quand pourrai-je braver les périls, le trépas?
Et, marchant aux accords du clairon des combats,
M'enivrer à longs traits de sa sainte harmonie?
Quand pourrai-je des cieux voir la splendeur ternie
Aux détonnations des canons foudroyans?
Des bataillons muets, dans la plaine ondoyans,
Mépriser la furie au sein de la mêlée?
M'élancer le premier sur la brèche ébranlée?
Croiser mon glaive avec le glaive des guerriers,
Et mourir, immortel, le front ceint de lauriers?

O désirs impuissans! déceptions humaines!
Le monde me retient dans d'invincibles chaînes.

Malgré mes vœux ardens il faut vivre ignoré,
Et, plongé dans les bras d'un repos abhorré,
Loin du fracas des camps, des hasards des batailles,
Attendre lâchement d'obscures funérailles !

MÉLODIE TREIZIÈME.

Le Repos.

Vevey, 1826.

Doux Bosquets de Montreux, délicieux Clarens,
Bords consacrés par le génie,
Rians vallons, flots transparens,
Sombres rochers de Millerie,
Rivage saint où sur les eaux
Chillon étend au loin l'ombre de ses créneaux,
Que ne puis-je, sortant du tumulte du monde,

Fuyant ses trompeuses douceurs,
Venir, dans une paix profonde,
Admirer chaque jour ces bords inspirateurs!

J'ouvre à peine, il est vrai, mes voiles téméraires;
Ballottée en tous sens par mille vents contraires,
Ma nacelle, il est vrai, quitte à peine le bord;
Mais j'avais pris pour guide, hélas! une chimère,
L'amour seul, boussole éphémère
Qui ne conduit vers aucun port.

Fuyez, séductions, décevantes délices!
Fuyez mon cœur désenchanté.
Trop long-tems il a cru, jouet de vos caprices,
Que vous pouviez conduire à la félicité.
D'un monde flétrissant secouant la poussière,
Sur ce rivage séduisant
Oubliant le passé, satisfait du présent,
Je voudrais finir ma carrière.

Consolateur de tous les maux,
Seul objet de mes vœux, seul trésor que j'envie,
Je voudrais te donner ma vie,
Bonheur du sage, doux repos!
C'est là que dans ton sein, libre d'inquiétude,
J'aimerais à couler des jours purs et nombreux.
Ignoré des humains, loin de la multitude,
Ici la vie est douce, ici l'on vit heureux.
Le repos et la solitude
Sont les premiers bienfaits des cieux.

MÉLODIE QUATORZIÈME.

Le Firmament.

> Ye stars! which are the poetry of haven!
> ...., — 't is to be forgiven,
> That in our aspirations to be great
> Our destinies o' erleap their mortal state,
> An claim a kindred with you.....
>
> Lord Byron, Ch.-H. III.

Oh! qui m'emportera vers ces sphères lointaines
Que l'œil humain contemple avec recueillement?
Qui me révèlera leurs routes incertaines
Aux profondeurs du firmament?

Qui me dévoilera le sublime mystère
Que la main du Très-Haut nous cache au fond des cieux,
Les champs de l'infini que le tems solitaire
Traverse à pas silencieux ?

En vain, pour pénétrer l'inconcevable abîme,
Égaré dans les airs, mon œil avec amour
D'astre en astre est fixé, comme de cime en cime
L'aigle voltige tour à tour.

De leur stérile éclat ma paupière est lassée;
Dans l'abîme du ciel tout n'est qu'obscurité,
Et dans le cours des nuits vainement la pensée
Interroge l'immensité.

Le silence répond. L'immensité muette
Sollicite et défie à la fois les regards;
Et l'ame avec douleur ici-bas se rejette,
Ou se perd d'écarts en écarts.

Depuis quand brillez-vous dans les plaines du vide,
Soleils purs dont l'éclat ne fut jamais terni?
Et vous, globes flottans, quel pilote vous guide
Aux vastes mers de l'infini?

Sur votre sein brillant la vie existe-t-elle?
Vos habitans lointains, comme nous ignorans,
Aiment-ils sur les feux dont la nuit étincelle,
A promener leurs yeux errans?

Avides comme nous de savoir la nature,
En elle placent-ils leur gloire et leurs plaisirs?
Accusent-ils aussi leur destinée obscure,
L'impuissance de leurs désirs?

Ah! tandis que je rêve aux célestes campagnes,
Un être tel que moi, peut-être en ce moment,
Sur un globe inconnu, du haut d'autres montagnes,
Contemple aussi le firmament.

Au delà du présent portant sa rêverie,
Incertain de la vie, effrayé du trépas,
Peut-être, ainsi que nous, il cherche une patrie
Dans des cieux qu'il ne connaît pas.

En secret agité de la même pensée,
Peut-être il songe à moi comme je songe à lui,
Et plaint une existence avec dégoût passée
Dans les angoisses de l'ennui.

Nulle voix ne résout l'insoluble problème;
Et, toujours aussi purs, aussi doux à nos yeux,
Décorant de la nuit l'imposant diadème,
Les astres roulent dans les cieux.

Nous marchons au tombeau de mystère en mystère.
Vivre, c'est désirer; désirer, c'est souffrir;
Et, frères en douleurs, nous sommes sur la terre
Pour ignorer et pour mourir.

MÉLODIE QUINZIÈME.

La Cloche du Soir.

A Elle.

La cloche du hameau retentit dans la plaine ;
Sa voix sonore, unie au léger bruit du vent,
S'affaiblit et se perd dans la forêt lointaine,
A travers l'épaisseur du feuillage mouvant.

Par le repos du soir la nature embellie,
A pour le malheureux un langage nouveau;
Son cœur entend la voix de la mélancolie
Dans le son de la cloche et le bruit du ruisseau.

Sur les bords parfumés de l'onde fugitive,
Dans ces heures de paix, sous des berceaux de fleurs,
Oh! n'as-tu pas souvent, solitaire et pensive,
Dans le riant vallon porté tes pas rêveurs?

Ne sens-tu pas alors de pénibles pensées
Soulever quelquefois ton beau sein agité,
Une larme mouiller tes paupières baissées,
Et ton cœur languissant vaguement attristé?

Pour moi, lorsque déjà dans les bois tout sommeille,
Quand le ciel est couvert d'un voile blanchissant,
Dans mon sein désolé la douleur se réveille;
J'ignore la douceur de ce calme naissant.

Mon luth dans l'air exhale un chant plaintif et vague,
Qui passe sans troubler les paisibles échos :
Tel des cailloux légers, soulevés par la vague,
Le doux bruissement se répand sur les eaux.

MÉLODIE SEIZIÈME.

Sensations.

1825.

> With a most voiceless thought, sheathing it as a sword.
>
> LORD BYRON, Ch.-H. III.

SUR les bords escarpés de l'Arve bondissante,
Un bois s'étend au loin, désert, silencieux;
Quand du soir fugitif la clarté pâlissante
Au Salève rougi fait ses derniers adieux,

Aux sons aériens de la cloche rustique,
J'aime à m'égarer seul sous son ombrage antique.

J'aime, loin de la ville, au tumulte échappé,
A nourrir librement mes vagues rêveries ;
Quelquefois, sur un tronc que la foudre a frappé,
Et qui gît dépouillé de ses feuilles flétries,
Loin de tous les regards tristement je m'assieds,
Suivant, des yeux, des flots qui passent à mes pieds.

Et je ne sais alors quel trouble involontaire
Des flots tumultueux le bruit fait naître en moi.
Saisissant, absorbant mon ame tout entière,
Il ne ressemble à rien. Rempli d'un vague effroi,
Je suis comme un vaisseau qui, sans guide et sans phare,
Au sein de vastes mers, la nuit, flotte et s'égare.

Est-ce de l'infini le sentiment profond
Qui tout à coup s'élève en mon ame oppressée ?

Qui m'arrache de force à moi-même, et confond,
Dans un désordre obscur, émotions, pensée,
Craintes, désirs, espoir, tous ces ébranlemens
Qui livrent le poète à d'éternels tourmens?

Comme chacun des flots de cette onde écumante
Roule, s'enfle, bondit, pressé par les deux bords,
Dans mon sein agité mon ame se tourmente,
Se consume sans but, s'épuise en vains efforts.
Le frisson la saisit, et le fracas de l'onde
Y laisse un sentiment de tristesse profonde.

Ainsi l'homme, toujours à lui-même inconnu,
Dans une étude vaine usant son existence,
Et dans l'obscurité sans espoir retenu,
Traîne jusqu'au tombeau sa fatale ignorance.
Tout est pour lui mystère, et son stérile orgueil
Osa dire : « Il n'est rien au delà du cercueil! »

MÉLODIE DIX-SEPTIÈME.

L'Automne.

Valeyre, novembre 1824.

J'ai trop vu, trop senti, trop aimé dans la vie.
LAMARTINE.

LES feuilles des forêts jaunissent la vallée ;
Tous nos monts sont déserts, nos bois silencieux ;
Du soleil sans chaleur la lumière est voilée,
A peine il brille aux cieux.

La terre a refermé ses entrailles fécondes ;
Les fleurs ont disparu, les pampres sont flétris,
Et les ruisseaux enflés n'entraînent dans leurs ondes
Que de tristes débris.

On dit qu'alors aux champs il n'est plus d'allégresse ;
Hélas ! il est passé, peut-être pour toujours,
L'heureux tems où mon cœur voyait avec tristesse
La fuite des beaux jours.

Oui, j'aime maintenant, lorsque la froide automne
Fait aux chantres des cieux regretter le printems,
Lorsque de nos forêts se flétrit la couronne
Sous l'aile des autans ;

J'aime les bois jaunis et le deuil des campagnes ;
J'aime à voir l'aquilon chasser les doux zéphirs ;
J'aime au souffle orageux de ce fils des montagnes
A mêler mes soupirs.

Les fleurs de mon printems se sont aussi fanées ;
La saison des plaisirs a fait place aux douleurs,
Et ma vie, ô regrets ! est bien courte d'années,
Mais longue de malheurs !

Il est des maux profonds, des souffrances amères,
Dont notre ame se sent lentement consumer ;
Ce ne sont pas alors des plaintes passagères
Qui peuvent les calmer.

Ces intimes douleurs, le monde les ignore ;
La stérile pitié ne croit qu'aux grands revers,
Et le cœur qu'en secret un long chagrin dévore
Est seul dans l'univers.

Mortels infortunés, abreuvés d'amertume,
O vous, dont le malheur en tous lieux suit les pas !
Gardez-vous d'avouer le mal qui vous consume,
Car on n'y croirait pas.

Les consolations des enfans de la terre
Déchireraient encor votre cœur désolé ;
L'ame du malheureux doit être un sanctuaire
Aux profanes voilé.

Et quand l'automne enfin règne sur la nature,
Confiez vos douleurs aux sauvages forêts ;
Les bois à qui les vents enlèvent leur parure
Comprendront vos regrets.

MÉLODIE DIX-HUITIÈME.

L'Orage.

1826.

A M. J. J. Galloix.

LE VOYAGEUR.

Sur les pics du Midi vois-tu ce noir nuage ?

LE BERGER.

D'un prochain ouragan c'est le signe certain.

LE VOYAGEUR.

Il se traîne et grandit.

LE BERGER.

Fuyons, voici l'orage !
Viens chercher un abri dans le chalet voisin.

LE VOYAGEUR.

Je veux de la montagne escalader le faîte.

LE BERGER.

Perdu sur le Nîsen, au sein de la tempête,
Comment trouveras-tu les sentiers ténébreux?

LE VOYAGEUR.

La tempête a pour moi d'ineffables délices.

LE BERGER.

Les vents te jetteront au fond des précipices.

LE VOYAGEUR.

Les vents furent toujours mes plaisirs et mes jeux.

LE BERGER.

Précédé d'un air chaud et d'un profond silence,
L'orage vient; fuyons. Il avance, il avance.

Des nuages chargés envahissent les cieux ;
La Blümlis se rapproche ; une nuée obscure
S'arrête et s'épaissit sur son front argenté :
Une atmosphère opaque écrase la nature...
C'est une pesanteur !... Une immobilité !...
La nuit sera terrible.

LE VOYAGEUR.

Elle sera sublime.

LE BERGER.

Les aigles effrayés volent de cime en cime ;
De leurs cris de terreur l'air est épouvanté.
Le soleil se ternit ;

LE VOYAGEUR.

La foudre le remplace.

LE BERGER.

Les flots de la Kander roulent avec fracas :
Au fond de la vallée elle gronde et menace.

LE VOYAGEUR.

La tempête triomphe.

LE BERGER.

Elle marche à grands pas.
La trompe retentit de montagne en montagne.

LE VOYAGEUR.

De ses longs roulemens la foudre l'accompagne.

LE BERGER.

Les pics du Simmenthal, par l'éclair sillonnés...

LE VOYAGEUR.

D'un grand bandeau de flamme éclatent couronnés.

LE BERGER.

Dans l'espace des cieux mille cris se confondent.

LE VOYAGEUR.

De hauteurs en hauteurs les Alpes se répondent.

LE BERGER.

Chaos retentissant!

LE VOYAGEUR.

O fêtes de mon choix!

LE BERGER.

L'herbe siffle et frémit, les cascades rugissent;

Jusqu'en leurs profondeurs tous les glaciers mugissent;
Les sapins ébranlés craquent au fond des bois.

LE VOYAGEUR.

Des angoisses du ciel les monts se réjouissent.

LE BERGER.

Les gorges du Kînthal d'un bruit sourd retentissent.

LE VOYAGEUR.

Aux voix de l'ouragan l'abîme unit sa voix.

LE BERGER.

Affreux mugissemens!

LE VOYAGEUR.

Imposante harmonie!

LE BERGER.

De la nature entière effrayante agonie!

LE VOYAGEUR.

Des élémens rivaux désordre inspirateur!

LE BERGER.

Rapprochés des chalets, aux éclats du tonnerre,
Regarde mes troupeaux; cramponnés à la terre,

Des bords du précipice, ils reculent. Malheur,
Malheur au voyageur égaré sur nos cimes!
Que le ciel soit en aide au chasseur de chamois!
Que sous lui le glacier ferme ses grands abîmes!
Voyageur imprudent, viens chercher sous nos toits
Un abri protecteur.

LE VOYAGEUR.

La tourmente m'appelle.

LE BERGER.

Renonce à ton dessein, viens goûter le repos.

LE VOYAGEUR.

Au chalet paternel, va, conduis tes troupeaux.
Laisse-moi contempler cette nuit solennelle.
Dans ses convulsions la nature est si belle!

LE BERGER.

Au sommet du Nîsen ta vie est en danger.

LE VOYAGEUR.

Le danger me sourit.

LE BERGER.

Sa cime est furieuse.

LE VOYAGEUR.

Trône de l'ouragan, sa cime est radieuse.

LE BERGER.

Ne tente pas le ciel; il pourrait s'en venger.

LE VOYAGEUR.

Mes destins sont écrits, je n'y puis rien changer.

LE BERGER.

Si Satan t'inspirait cette impie assurance!
Le Ciel est irrité : tremble, par des discours,
D'attirer sur ton front le bras de sa vengeance.
Pour la dernière fois, viens avec moi.

LE VOYAGEUR.

Je cours
Défier de plus près l'orage incendiaire.
Adieu!

LE BERGER.

Le malheureux ! Il n'a donc pas de mère !

Et Byron, à ces mots, s'élance avec fierté,
Et disparaît aux yeux du pâtre épouvanté.

MÉLODIE DIX-NEUVIÈME.

A L'ERMITE
De Sainte-Verène
(PRÈS DE SOLEURE).

1824.

Heureux qui vit obscur, loin des bruits de la terre,
Qui ne connut jamais ces angoisses du cœur,
Cette soif d'avenir, ce besoin solitaire
Qui flétrit sur mon front les roses du bonheur !

L'océan de la vie est pour lui sans orage ;
Sa nacelle, glissant sous un ciel toujours pur,
Autour d'elle ne voit, durant tout le passage,
Que des bords enchantés réfléchis dans l'azur.

Tels furent tes destins, ermite octogénaire !
Tes jours, ensevelis sur ce bord écarté,
Dans l'uniformité d'une retraite austère,
S'écoulent dans la paix et dans la liberté.

Comme le voyageur, du haut de la colline,
Contemple la mêlée et la suit sans effroi,
Sans atteindre ton front, que la vieillesse incline,
Les combats de la vie ont passé devant toi.

MÉLODIE VINGTIÈME.

La Source de l'Orbe.

1825.

Te flagrantis atrox hora caniculæ
Nescit tangere.

HORACE.

C'est là, dans l'épaisseur de la forêt obscure
Qui descend du Mont-d'Or et des sommets voisins,
Qu'au pied d'un haut rocher, couronné de sapins,
Sur la mousse et les fleurs naît l'Orbe fraîche et pure.

Le chasseur fatigué près d'elle vient s'asseoir,
L'écureuil y bondit, l'oiseau s'y désaltère;
Quittant d'un pied furtif sa grotte solitaire,
La Fée imprudemment vient s'y baigner le soir.

Et même l'on raconte, au foyer du village,
Que souvent le berger l'épie au bord des bois,
La surprend dans le bain, et que, plus d'une fois,
On les vit, dans la nuit, errer sous le feuillage.

Ces grands monts crevassés, immuables remparts,
Ces rochers dont la cime à peine est aperçue,
Cette immobilité, ces forêts sans issue,
Étonnent la pensée, enchaînent les regards.

Mais dans les profondeurs d'une étroite vallée,
Roulant de chute en chute et d'écueil en écueil,
L'Orbe s'enfle, mugit, bondit avec orgueil,
Oubliant le repos de sa source isolée.

Maintenant voyez-le, dans un lit de gazon,
Traîner languissamment ses ondes immobiles,
Traverser des marais, des plaines infertiles,
Et perdre au sein d'un lac et ses flots et son nom.

De notre vie, hélas! n'est-ce point là l'image?
Nos premiers jours sont purs, ils sont tissus de fleurs;
Un sourire toujours brille à travers nos pleurs;
Il n'est point de chagrin qu'un jouet ne soulage.

Qu'ils sont courts ces instans de calme et de bonheur!
Des plans d'ambition, la gloire, de vains songes,
Viennent bercer nos cœurs de leurs brillans mensonges,
Et de nos premiers ans flétrissent la fraîcheur.

Bientôt, sous les glaçons d'une vieillesse austère,
S'éteignent nos ardeurs et nos bouillans désirs;
Puis enfin tout finit, amour, douleurs, plaisirs,
Tout, dans l'espace étroit d'un cercueil solitaire.

MÉLODIE VINGT-UNIÈME.

La Prédiction.

QUEL cortége s'avance entre les bois sauvages ?
Du Danube il côtoie à pas lents le rivage ;
Où va-t-il ? Le soleil, près de quitter les cieux,
Éclaire à peine encor ses pas mystérieux.

Une voix tout à coup s'écrie :
« Je meurs, nouveau martyr, je meurs pour la patrie ;

« Mais je lègue à la Grèce un exemple de plus.
« Mon nom va réveiller les fils de l'Aracynthe,
« Et la liberté sainte
« Me reçoit parmi ses élus.

« Héritiers des projets qu'avait conçus mon ame,
« Les Grecs, que mon trépas enflamme,
« Du fer de la vengeance armeront tous leurs bras;
« Et leurs enfans et leurs compagnes,
« Du fond des antres des montagnes,
« S'élanceront dans les combats.

« Décimés par la tyrannie,
« Mais terribles encor, ces peuples citoyens
« Au monde qui les calomnie
« Rappelleront tes jours anciens.

« Du Nil et du Bosphore affrontant les orages,
« Aux éclats du tonnerre, ils ne trembleront pas;

« Du désert les tribus sauvages
« Disparaîtront devant leurs pas,
« Et de la vaste mer sillonnant les domaines,
« Sur les nefs de la mort et de la liberté,
« Leurs invincibles capitaines
« Domineront au loin les plaines
« De l'Océan ensanglanté.

« Malheur aux soldats du prophète!
« La mort! la mort! point de retraite!
« Par les voix du tombeau l'arrêt est prononcé;
« Le Turc triomphe un jour, la Grèce est immortelle,
« Et ses mains laveront au sang de l'infidèle
« Tous les outrages du passé.

« Rives de l'Eurotas! vallons de l'Étolie!
» Champs où la Liberté, long-temps ensevelie,
« Va relever enfin son front ressuscité,
« Saintes forêts! bois prophétiques!

« Antres où résonnaient les oracles antiques !
« Contre vos oppresseurs l'univers irrité
« Verra briller le jour de votre indépendance.
« Aux murs de Napoli, sur les rochers d'Hydra,
« Je vois se ranimer l'astre de l'espérance ;
« Oui, de la liberté le jour enfin luira !
« Sur l'autel, ô chrétiens ! apportez votre offrande ;
« Dispensateur des biens, le Ciel vous le commande,
« Le Ciel un jour vous le rendra. »

Tout se tut. Au milieu du lugubre silence,
Un cadavre tomba dans les flots entr'ouverts ;
Et, murmuré long-tems le long du fleuve immense,
Le grand nom de Riga se perdit dans les airs.

MÉLODIE VINGT-DEUXIÈME.

La Voix de l'Onde.

Cum subito trepidare intus præcordia sensi,
Alteriusque rapi naturæ pectus amore.

OVIDE, XIII.

COURONNÉ des ombres naissantes,
O Léman, que ton sein est pur !
Dormez, ô vagues bondissantes,
Murmurez, ondes caressantes,
Dans votre lit d'or et d'azur.

Du zéphir la suave haleine
Sommeille dans l'air embaumé,
Et la brise du soir à peine
Enfle la voile qui ramène
La barque au port accoutumé.

Par un charme qui le captive,
Fixé sur l'onde avec amour,
Mon œil suit la vague plaintive,
Qui sur le bord sans cesse arrive,
Et s'en éloigne tour à tour.

Sa blancheur que le ciel azure,
Sa tranquille uniformité,
Sa fraîcheur, sa paix, son murmure,
Versent dans l'ame qu'elle épure
Le calme et la sérénité.

Oh ! que la voix des flots est douce,
Lorsque, balancés mollement,
Ils viennent caresser la mousse,
Qui languissamment les repousse
Comme une vierge son amant !

Sans que mon ame la comprenne,
Pour mon ame qu'elle a d'attraits !
Elle s'élève aérienne
Comme la harpe éolienne,
Vibrant, la nuit, dans les forêts.

Voix de l'onde ! voix qui m'es chère !
Tes accens n'ont rien de mortel ;
La nature est un sanctuaire,
Et, loin du profane vulgaire,
Le poète y garde l'autel.

Mystérieuse sympathie !
Irrésistible entraînement !
Semblable à l'antique Pythie,
Ma pensée est anéantie
Dans un muet ravissement !

Cédant à la mélancolie
Que le soir répand sur les eaux,
Mon ame calme, recueillie,
Et dans soi-même ensevelie,
Se livre à des désirs nouveaux.

Plaisir sans nom ! joie ineffable !
O sentiment vague et profond !
Par un charme indéfinissable,
Le flot, en mourant sur le sable,
Semble m'entendre et me répond.

De ces accens la langue humaine
Peut-elle peindre les douceurs ?
Comme un captif hors de sa chaîne,
O Léman ! quel pouvoir m'entraîne
Dans tes limpides profondeurs ?

Sous tes abîmes qu'on ignore,
Est-il un Eden réservé
Pour le poète qui t'adore,
Et son œil y voit-il éclore
Un bonheur qu'il n'a pas rêvé ?

Jadis Glaucus, épris de l'onde,
A son appel mélodieux,
Disparut dans la mer profonde,
Où l'attendaient l'oubli du monde
Et la félicité des dieux.

MÉLODIE VINGT-TROISIÈME.

Les Premiers Pas

DANS LA VIE.

1826.

A M. De Bonstetten.

Solummodo hoc scio, quod fecerit
Deus hominem rectum.
ECCLES., VII, 30.

« DORS, mon enfant, d'un paisible sommeil ;
« Le cœur serein et le front sans nuage,

« Dors, mon enfant, du sommeil de ton âge,
« Et qu'un sourire annonce ton réveil ! »

Ainsi chante, au berceau de l'homme, à son aurore,
Celle qui l'enfanta dans le sein des douleurs,
L'appui tendre, inquiet, que sa faiblesse implore,
L'ange qui le protége et qui tarit ses pleurs.
Ce jeune être, embelli des grâces de l'enfance,
Voyez-le doucement bercé par l'espérance;
Pour lui la mer est calme et le ciel est d'azur;
L'avenir qui l'attend, cet avenir terrible,
Tout, à ses yeux encor couverts d'un voile obscur,
Hors le sein maternel, tout demeure invisible.

Cependant, assiégé d'innombrables besoins,
De tout ce qui l'entoure il réclame les soins;
Sans force, sans pouvoir, sa volonté stérile,
En vain sollicitant une langue inutile,
Par d'informes accens, par des larmes, des cris,

Exprime des désirs qui ne sont pas compris.
Ainsi dès le berceau la douleur se présente,
Prend l'homme sur le seuil, lui trace le chemin,
Et, compagne à la fois cruelle et complaisante,
Jusqu'au bord du tombeau le conduit par la main.

La renaissante chrysalide,
S'élançant loin de sa prison,
Est surprise d'un souffle aride
Et retombe sur le gazon;
A la terre, hélas! attachée,
En vain, d'une aile desséchée,
Elle bat l'air en palpitant,
Et meurt, à regret infidèle,
Loin de ce ciel pur qui l'appelle,
Loin de la rose qui l'attend (4).

Tel est l'homme échappé des langes de l'enfance,
Alors que, rayonnant de joie et d'espérance,

Avec insouciance il s'éloigne du port;
Tout ce qui l'environne à jouir le convie ;
Avec ravissement il voit s'ouvrir la vie ;
Il saisit le plaisir, l'embrasse avec transport.
Age heureux ! où, marchant de conquête en conquête,
Il voit dans tous ses jours de brillans jours de fête !
Où, comme un jeune oiseau jouant au sein des airs,
Il voltige, s'égare ; où tout dans la nature
Séduit son cœur serein, sa pensée encor pure,
Et révèle à ses yeux un nouvel univers.

Mais aux jeux, aux plaisirs de son adolescence,
Malgré ses pleurs amers, sans pitié l'arrachant,
Se hâtant de faner les fleurs de l'existence,
Le monde le saisit de son bras desséchant.
Changeant la liberté contre la servitude,
D'un pouvoir usurpé déployant la rigueur,
En stériles douleurs il convertit l'étude,

Et, pour orner l'esprit, il déprave le cœur.
Le jeune adolescent, dans une étroite enceinte,
Consume ses beaux jours au sein de la contrainte;
Dans cet âge trop court de paix et de fraîcheur,
L'imbécille vulgaire étouffe par la crainte
Et cet enthousiasme et ce courage ardens,
Et ces douces vertus des ames expansives,
Cette simplicité, cette gaîté natives,
Apanage sacré des cœurs indépendans.

N'étouffez pas la jeune plante
Où brillent de naissantes fleurs;
Sa tige faible, chancelante,
Implore du soleil les rayons créateurs.

Le jeune enfant qui vient de naître
Implore aussi ses doux rayons;
La nature, voilà son maître,
Laissons-le recevoir ses riantes leçons.

Livrez, livrez aux vents le fatras pédantesque
Dont vous chargez en vain son esprit attristé ;
Le gland, dans les forêts, germant en liberté,
    Enfante un chêne gigantesque ;
Mais sous la main de l'homme, affaibli, languissant,
Le jeune arbre s'énerve et végète impuissant.

« Des armes ! donnez-moi des armes !
« Que je signale enfin mon bras
« Dans le tumulte des alarmes
« Et dans l'ivresse des combats !

« En vain, comme une étroite chaîne,
« L'horizon borne mes regards ;
« Vaste Océan ! rive lointaine !
« Je veux affronter vos hasards !

« O vous, montagnes éternelles !
« Vos horreurs plaisent à mes yeux...

« Et moi, que n'ai-je aussi des ailes
« Pour suivre l'aigle dans les cieux ! »

Palpitant de jeunesse, étincelant d'audace,
Et de la liberté savourant la douceur,
Ainsi l'homme est saisi d'une bouillante ardeur;
Il s'empare du tems, il dévore l'espace;
A la nature entière il prête sa vigueur.
Le repos? il le fuit; les dangers? il les aime.
Il croit en l'avenir; il marche, et dans lui-même
Cherche sa force et son appui.
Ignorant la terre où nous sommes,
Son cœur avec amour chérit l'humanité;
Lui-même s'oubliant, il se dévoue aux hommes,
Et poursuit son bonheur dans leur félicité.

Illusion bien douce, hélas! mais éphémère.
Dans ce monde trompeur le jeune téméraire
S'élance... Mais à peine il a touché le seuil,

Qu'il est soudain glacé d'un outrageant accueil.
Sa généreuse ardeur est ridiculisée ;
Du monde qu'il chérit il devient la risée ;
Ne trouvant que dégoûts, dédains à chaque pas,
Il gémit. L'égoïsme et l'insultant sarcasme
Flétrissent de son cœur le pur enthousiasme.
Les aveugles mortels, profondément ingrats,
Quand il veut leur bonheur, l'abreuvent d'amertume ;
L'infortuné dès lors, sur tout désenchanté,
Maudit sa confiance et sa crédulité.
Replié sur lui-même, il languit, se consume,
Renferme dans son cœur ses pensers solennels,
Et méprisant enfin ceux qu'il aima naguère,
Il foule sous ses pieds les arrêts du vulgaire ;
Mais il fait au bonheur ses adieux éternels (5).

MÉLODIE VINGT-QUATRIÈME.

A Adélaïde.

COMME un astre dans la tempête,
Comme une fleur dans les frimas,
Dans le tumulte d'une fête
Tu m'apparus et tu passas.

Mais du songe qui s'évapore
Avec les ombres de la nuit,
Le souvenir, après l'aurore,
Survit encore et nous séduit.

C'était l'instant où, de ses voiles,
L'obscurité couvre les cieux,
Où le front serein des étoiles
Répand un éclat gracieux.

Dans le feuillage humide et sombre
Resplendissaient mille flambeaux;
Et le torrent, fuyant dans l'ombre,
Les réfléchissait dans ses eaux.

La retentissante harmonie
Des timballes et des hautbois,
A mille cris joyeux unie,
Troublait le silence des bois.

Mais dans la multitude immense
Qui s'égarait dans les bosquets,
Je ne voyais que ta présence,
C'est toi seule que j'entendais.

Au fond des bois où l'Orbe roule
A travers des rochers épars,
J'aimais, fatigué de la foule,
A t'entraîner loin des regards.

J'aimais à guider sur la pente
L'incertitude de tes pas,
Lorsque ta main cherchait, tremblante,
L'appui fidèle de mon bras.

Errant au bord du précipice,
Je jouissais de ta terreur,
Et je sentais avec délice
Ton cœur palpiter sur mon cœur.

Hélas! de ta main virginale
Ma main pressait les doux contours,
Quand tout à coup l'heure fatale
Résonna dans les vieilles tours.

Que sert une vaine prière ?
Que sert la plainte, le regret ?
Dans un nuage de poussière
Le char t'emporte et disparaît.

Et la prairie illuminée,
Et les accords des instrumens,
Et la nuit d'astres couronnée,
Et les flambeaux étincelans ;

Et le bruit de la foule immense,
Dont la plaine au loin retentit,
Et le tumulte de la danse,
Tout avec toi s'évanouit.

Dans cette vaste multitude,
Où tu passas comme un éclair,
Je ne trouvai que solitude,
Et dans mon cœur un vide amer.

Et seul, de la ville étrangère,
Qui pour moi n'avait plus d'attrait,
Plein de ma riante chimère
Je m'éloignai d'un pas distrait.

Ah! maintenant vis-tu paisible
Dans l'ignorance des chagrins?
Ou du malheur le souffle horrible
A-t-il flétri tes jours sereins?

Vis-tu dans la douce retraite,
Ou dans le monde corrupteur?
L'hymen a-t-il courbé ta tête?
L'amour a-t-il charmé ton cœur?

Oh! dis-moi si, comme un doux rêve,
Le souvenir de cette nuit
Dans ton sein quelquefois s'élève,
Et si ton front alors rougit!

MÉLODIE VINGT-CINQUIÈME.

Mélancolie.

C'EST lorsqu'humide et froid, le dernier vent d'automne
Exhale dans la nuit sa plainte monotone,
Que j'aime du foyer l'asile protecteur ;
C'est alors que, distrait, je fixe un œil rêveur
Sur la flamme ondoyante au hasard balancée ;
Soulagé quelque tems du poids de la pensée,
De ses fougueux écarts quelque tems affranchi,
Par un vent plus serein mon cœur est rafraîchi ;

11.

Lentement sur lui-même il revient, se replie,
S'abandonne aux douceurs de la mélancolie,
Et, plus calme, oubliant les maux qu'il a soufferts,
Laisse couler des pleurs qui ne sont point amers.

MÉLODIE VINGT-SIXIÈME.

Le Lac de Brienz.

A Madame Tastu.

Dans ta nacelle hospitalière
Accueille, ô jeune batelière !
Un voyageur las du chemin.
Des monts la neige se colore,
Le ciel est pur, le lac serein ;

Viens, reçois-le; son cœur t'implore :
Il cherche un toit pour cette nuit,
Demain, à la nouvelle aurore,
Il partira seul et sans bruit.

Vois-tu, déjà quittant l'espace,
Le soleil, dont l'éclat s'efface,
Ne rougit que les hauts sommets;
L'astre des nuits, qui le remplace,
Du Hasli blanchit les forêts.
Lac enchanteur, baie isolée,
Glaciers lointains, belle vallée,
A mon cœur vous rendez la paix.
La vague, que le soir azure,
Sous la rame s'ouvre et murmure;
La barque glisse sur les flots,
Et, s'élevant dans le silence,
La voix de la cascade immense
Roule et meurt d'échos en échos.

A mes yeux, belle et séduisante,
La nature en vain se présente,
Elle ne peut remplir mon cœur;
Oui, je le sens, mon ame aimante
Jadis l'aimait comme une amante;
Aujourd'hui c'est comme une sœur.
Elle adoucit, elle console;
Mais ce n'est plus là cette idole
Qui s'animait de mon ardeur.
Plaisir pur, volupté suprême,
Ce n'est plus cet autre moi-même
Où se concentrait mon bonheur.

Parmi les touffes de verdure
Qu'en son onde immobile et pure
Le lac tranquille réfléchit,
Sur la verte colline assise,
Je vois briller la vieille église

Que le crépuscule blanchit,
Cédons au souffle de la brise.
N'entends-tu pas ces doux accords?
Approchons-nous plus près des bords;
Ne vois-tu pas là tes compagnes,
Sur la rive, chanter en chœur
L'air mélodieux des montagnes,
Pour saluer le voyageur?

Non, non, restons : que la nacelle,
Au milieu du calme des airs,
S'arrête, et du bord qui m'appelle
N'aille pas troubler les concerts.
Portés sur l'aile du zéphire,
Ces chants lointains ont pour mon cœur,
A travers l'onde qui soupire,
Plus d'harmonie et de douceur.

Avec ces voix confonds la tienne,
Comme la harpe éolienne
S'unit à la brise des cieux.
Que du rivage au sein de l'onde
Votre voix de loin se réponde
Comme un écho mélodieux.
Délicieuse symphonie,
Ta mélancolique harmonie
Est un baume pour la douleur ;
Elle rappelle en ma pensée,
Le souvenir consolateur
D'une heure, hélas ! trop tôt passée
Où mon ame crut au bonheur.

Paisible fille du rivage,
Toi dont la vie est dans sa fleur,
Ton cœur s'étonne du langage
Et des soupirs du voyageur.

Tes chants sont doux, ta voix est tendre
Dans tes chagrins, dans tes plaisirs;
Mais, hélas! tu ne peux comprendre
D'autres maux ni d'autres désirs.
Comme aux cités, l'homme, au village,
Jamais ne plaint et ne soulage
Que des malheurs qu'il ait soufferts.
Sur les eaux penchée avec grâce,
Tu sillonnes l'humide espace
Comme l'oiseau franchit les airs;
Pour toi ce lac est l'univers.
Sur l'avenir qui t'est fidèle
Ton cœur jamais n'est inquiet,
Et chaque jour dans ta nacelle
Un voyageur nouveau s'assied.
Qu'il soit enfant de la folie,
Qu'il soit en butte aux traits du sort,
En chantant sur l'onde assoupie,
Tu le conduis à l'autre bord.

A travers les molles prairies
Tu le suis un instant des yeux ;
Mais il disparaît, tu l'oublies,
Et tu reprends tes chants joyeux.

MÉLODIE VINGT-SEPTIÈME.

Le Nain.

1827.

A M. Petit-Senn.

DE GENÈVE.

> C'est toi, Lutin! Qui t'amène?
> V. Hugo.

C'ÉTAIT de février une nuit froide et claire ;
Les astres scintillaient dans un azur foncé,

Et la bise sifflait dans la cour solitaire.
C'était l'heure où du bal sort le danseur lassé,
Où, chassés par la faim, des hauteurs du Salève,
Les loups viennent rôder sous les murs de Genève,
Et seul dans mon réduit je veillais délaissé.
Ma chatte à mes côtés dormait; autour de l'âtre
La flamme répandait une lueur rougeâtre,
Et ma lampe, luttant avec l'obscurité,
Versait à peine encore un reste de clarté.
La tête sur ma main tristement appuyée,
Sans but sur le foyer le regard abaissé,
Je rêvais à mon sort, et mon ame effrayée
Tremblait pour l'avenir en songeant au passé.

Obscur, dans l'abandon, à l'infortune en proie,
De projets en projets voir s'écouler ses jours;
Étranger aux plaisirs, aux fêtes, à la joie,
Dans ses vœux les plus chers être trompé toujours;
Voir sa nacelle en butte à d'éternels naufrages;

Des préjugés du monde être froissé; sentir
Sous la main de l'ennui ses beaux jours se flétrir,
Et chercher vainement, à travers les orages,
Un astre protecteur dans l'abîme des cieux :
Tels furent mes destins; et, chargé de nuages,
L'avenir apparaît menaçant à mes yeux.

Soif de célébrité, sainte ardeur qui m'inspires!
Doux rêves de mon cœur! songes ambitieux!
Oh! que ne suis-je né dans ces vastes empires
Où l'arène est ouverte aux plans audacieux!
Peut-être qu'appuyé sur ma propre énergie,
Trouvant un aliment à mes projets altiers,
J'aurais marché bien loin des vulgaires sentiers.
Tout, près de moi, languit frappé de léthargie;
Tout dort, et c'est en moi que je me réfugie.

Tels étaient les regrets, les plaintes de mon cœur,
Et soudain j'entendis comme un rire moqueur.

La flamme s'agitant d'une façon bizarre,
En deux langues de feu s'alonge, se sépare,
Et j'en vois tout à coup sortir un petit nain.
Inaccessible au feu comme la salamandre,
D'un manteau d'amiante il secoua la cendre,
Et mon hôte inconnu me dit d'un air malin :

« Quels projets roules-tu dans ta pauvre cervelle !
« Quoi ! de la gloire aussi tu veux grimper l'échelle ?
« Ridicule désir ! Las de l'obscurité,
« Sur le théâtre humain tu brûles de paraître ?
« L'obscurité, crois-moi, donne la liberté ;
« C'est un bien que ton cœur regretterait peut-être.
« Loin de chercher l'éclat, reste, pour ton bonheur,
« Des scènes d'ici-bas paisible spectateur.
« Les hommes, tu le sais, sont des marionnettes
« Que divers intérêts, des passions secrètes,
« Comme des fils cachés, à leur gré font agir.
« Lorsqu'ils ont quelque tems joué la comédie,

« Sous quelques pieds de terre, hélas ! tous vont pourrir.
« Le vrai sage se tient dans l'ombre, il étudie
« Les fils de la machine, et, d'un œil de dédain,
« Voit danser devant lui le pauvre genre humain.
« Et tu voudrais aussi, te cachant sous un masque,
« Capter sur les tréteaux, comme un vil baladin,
« Les applaudissemens d'une foule fantasque !
« Contemple de plus haut ces risibles exploits;
« Porte ton vol ardent au-dessus de la terre;
« Sinon tu deviendras le jouet du vulgaire :
« Il faut le dominer, ou l'on vit sous ses lois.

« L'Imagination est une folle aimable,
« Qui ne donna jamais un conseil raisonnable.
« Sage ou fou tour à tour, sur des riens s'échauffant,
« Inconstant comme l'onde, insouciant, prodigue,
« Abhorrant la contrainte et craignant la fatigue,
« Le sublime poète est toujours un enfant.
« Un tel homme est peu fait pour la peine et l'intrigue.

« Mal jugé, mal compris, dans le monde isolé,
« Bizarre, indépendant, sans but et sans système,
« C'est comme un être à part ici-bas exilé.
« Il doit planer sur tout s'il veut rester lui-même.

« Tu trouves sûrement, je le lis dans tes yeux,
« Que pour un petit nain je suis bien sérieux.
« J'ai déjà tant vécu que ma pensée est mûre.
« Par quelque joli tour je voulais m'égayer ;
« Mais j'ai de tes soupirs entendu le murmure,
« En rôdant, cette nuit, autour de ton foyer,
« Et je viens compatir à tes peines secrètes ;
« Car nous autres lutins nous aimons les poètes ;
« Nous n'avons aujourd'hui plus qu'eux pour défenseurs.
« Blâmant l'aridité de ce siècle incrédule,
« Qui s'appelle humblement le siècle des penseurs,
« Ils affrontent pour nous les traits du ridicule.
« Reconnaissans aussi de leurs vers courageux,
« Jamais à leurs dépens nous n'égayons nos jeux.

« Ici, dans le logis, je répands l'épouvante,
« En allumant la suie au moment d'un banquet;
« Ailleurs je brûlerai le poil du vieux roquet.
« Là, pour faire endêver la gentille servante,
« Je jette dans le feu le coquemar plein d'eau;
« Et, lorsque sa maîtresse ou son amant l'appelle,
« Je m'amuse à cacher le soufflet ou la pelle;
« Là, du couple qui dort j'enflamme le rideau;
« D'autres fois je remplis la maison de fumée,
« Je renverse en riant le lait du déjeûné;
« Tantôt j'éteins le feu de la vieille enrhumée,
« Tantôt du vieux garçon je grille le dîné;
« Du paresseux qui fait sa sieste accoutumée,
« Les pieds sur les chenets, je pique le talon;
« Au milieu d'un grand bal, une de mes délices,
« C'est d'éteindre à la fois les lustres du salon.
« Mais le poète est seul exempt de nos malices :
« Auprès de son foyer, lorsqu'il s'endort, la nuit,
« Veillant soigneusement, nous l'entourons sans bruit,

« Et, le gardant surtout contre les mauvais songes,
« Nous charmons son sommeil par de rians mensonges.

« A peine de la vie as-tu franchi le seuil,
« Que ton ame déjà se plaint de l'existence;
« C'est par là que toujours le poète commence.
« J'en ai déjà tant vu comme toi dans le deuil!
« Je sais que sa douleur est sincère et profonde,
« Que son tourment secret n'est pas compris du monde;
« Mais, dis-moi, dans ses maux, ne met-il point d'orgueil?
« Quel homme n'en met pas? Enfin, quoiqu'un peu rude,
« L'apprentissage cesse, et de l'adversité,
« Ainsi que du bonheur, le cœur prend l'habitude.
« Ce n'est pas consolant, mais c'est la vérité.

« Cependant du repos la recette est facile:
« Sous la nécessité courber un front facile;
« Ne pas vouloir marcher plus vite que le tems;
« S'asseoir aux doux banquets où le plaisir convie,

« Et livrer sa nacelle au courant de la vie,
« Comme l'oiseau des bois aux zéphirs du printems,
« D'un vol libre et joyeux, sans crainte se confie;
« Tranquille sur son sort, enfin se souvenir
« Que dans les cieux, d'avance, est écrit l'avenir;
« Tu vois que le bonheur c'est la philosophie :
« Sois donc vrai philosophe, et tu seras heureux. »

Et le nain, à ces mots, disparut à mes yeux.

FIN DES MÉLODIES.

NOTES.

NOTES.

L'ÉTUDIANT.

(1) Jardin d'Académus! bois touffus! doux rivage
Où l'Etude adorait les autels de l'Amour.

Dans les jardins de l'Académie, à Athènes, on trouvait, à côté du temple de Minerve, un temple à l'Amour.

LES RUINES DU CHATEAU D'ORBE.

(2) Cette ode a besoin d'une explication pour les lecteurs étrangers. Orbe, ancienne capitale des Urbigeni, est une petite ville du canton de Vaud. Son château, dont il ne reste que deux tours tronquées, fut le théâtre de plusieurs événemens historiques remarquables. C'est dans ses murs que Brunehaut fut arrêtée par Erpon, en 614, pour être livrée au supplice. C'est encore là qu'en 856 les trois petits-fils de Charlemagne, Louis, Charles et Lothaire se

réunirent pour se partager les États du grand Empereur d'Occident, dont ils étaient loin d'avoir hérité le génie. Plus tard, en 1476, lors de l'expédition de Charles-le-Téméraire, il fit le siége du château d'Orbe, et après l'avoir pris d'assaut, passa au fil de l'épée la garnison, composée de quelques centaines de Suisses qui avaient préféré la mort à l'asservissement. Quelque tems après, le duc de Bourgogne fut châtié à Morat.

L'OBSCURITÉ.

(3) Avant que le Géant tombât découronné,
Au culte des combats mon bras fut destiné.

L'auteur avait dû entrer dans la carrière militaire; la chute de Napoléon a changé ses destinées.

LES PREMIERS PAS DANS LA VIE.

(4) La renaissante chrysalide,
S'élançant loin de sa prison,
Est surprise d'un souffle aride
Et retombe sur le gazon, etc.

Quand le papillon sort de son enveloppe de chrysalide, il arrive quelquefois, suivant Valmont de Bomare, que quelque obstacle extérieur empêche le développement de ses ailes : le malheureux insecte meurt faute de pouvoir aller chercher sa nourriture.

(5) L'auteur n'a point eu l'intention, dans ce petit poëme, de soulever, bien moins encore de décider l'une des questions les plus abstruses de la philosophie morale. Il a seulement voulu attaquer ces préjugés barbares adoptés en éducation, qui flétrissent les plus belles années de la vie, et peindre quelques uns des désappointemens amers que les cœurs ardens et les ames tendres éprouvent à leur entrée dans le monde.

FIN DES NOTES.

TABLE

DES MÉLODIES.

FIN DE LA TABLE.

IMPRIMERIE ET FONDERIE DE J. PINARD,
RUE D'ANJOU-DAUPHINE, N° 8, A PARIS.

www.ingramcontent.com/pod-product-compliance
Ingram Content Group UK Ltd.
Pitfield, Milton Keynes, MK11 3LW, UK
UKHW021106290826
14628UKWH00014B/859

9 782019 927462